창가에 서서

창가에 서서

2023년 1월 12일 제 1판 인쇄 발행

지 은 이 ㅣ 최현주, 서교분
펴 낸 이 ㅣ 박종래
펴 낸 곳 ㅣ 도서출판 명성서림

등록번호 ㅣ 301-2014-013
주   소 ㅣ 04552 서울시 중구 삼일대로8길 17 3~4층(충무로 2가)
대표전화 ㅣ 02)2277-2800
팩   스 ㅣ 02)2277-8945
이 메 일 ㅣ ms8944@chol.com

값 13,000원
ISBN 979-11-92487-98-4

딸과 엄마의 영혼으로 빚어낸 詩

창가에 서서

최현주 · 서교분

도서출판 명성서림

● 작가의 말

팔순八旬을 넘어 미수米壽를 앞두고 살아온 날을 뒤돌아보니 하루하루 고되지 않은 날이 없었다.

광야廣野에 마음 걸어놓고 허둥대던 날들이 그 몇 날이던가.

비틀거리면서도 나를 굳건히 잡아준 것은 내 마음에 중심을 잡아준 어릴 적 신앙과 무럭무럭 자라면서 나에게 힘이 되어준 자식들이었다.

선물같이 찾아온 장녀 최현주 요안나는 나에겐 아픈 손가락이었지만 어느새 그를 통해 고통에서도 기쁨이 있다고 하신 하느님의 섭리를 깨달았고 평생 복덩이로 나를 위로해 주었다.

그 복덩이가 올해에 육순을 맞이했다. 온전치 않은 육신으로 육십 평생을 사느라 내색은 안 했지만 참으로 힘들고 고독한 시간을 참아내지 않았을까 하는 생각을 하면 미안함에 지금도 가슴이 미어진다.

　이번에 복덩이와 함께 '창가에 서서'이라는 시집을 발간하게 되어 무한 감사한 마음이며 복덩이의 속마음을 이번에 발간하는 시집을 통해 읽을 수 있어 감동이었다.

　그동안 사는 일이 버거워 늦은 나이에 글쓰기를 시작한 요즘은 하루하루 감사하고 행복한 날들을 보내고 있다.
　늘 나에게 힘을 내라고 응원해 주는 내 가족들과 부족한 필력이지만 '괜찮다.' 격려해 주는 문인들에게 진심으로 감사의 마음을 전한다.

/ 현주의 이야기 /

현주는 무엇을 위해 어떤 인생을 살려고 세상에 태어났을까?
태어나면서부터 어머니의 걱정거리가 되어 죄송할 뿐이다.

가을바람이 더위를 빼앗아 가고 또 겨울이 오려나 보다.
세월이 훌쩍 흘러 이제 내 나이 육십이 되었다.
내가 나이를 먹고 보니 지금까지 살아온 나의 인생이
너무 아쉽다는 생각이 들어서 멍할 뿐이다.
세월이 왜 이다지도 빠른지 모르겠다.

나의 지난날은 어떤 것이었을까?
나도 한때는 나름 무언가 열심히 노력했다.

처음엔 컴퓨터가 신기하고 재미있어서 혼자 공부를 열심히 하다가
컴퓨터가 다 날아가 버렸다.

생각해보니 웃음밖에 안 나온다.

울 엄마의 고생하신 덕분에 컴퓨터 학원에도 다니고 많은 것을 배우고 보았다.

내가 이렇게 시를 쓸 수 있었던 것도 어머니의 눈물겨운 희생이 없었다면 결코, 이루어질 수 없었을 것이라는 생각을 해보았다.

어머니가 나를 포기하지 않고 인간으로 만들어주신 것 같아 마음으로부터 깊은 감사를 드린다.

"어머니, 감사하고 또 감사합니다. 그리고 사랑합니다."

● 추천글

/ 이 해 인(수녀, 시인) /

뇌성마비로 몸이 불편한
딸을 복덩이로 끌어안는
엄마의 지극한 기도와 사랑이
그대로 시가 됩니다.
엄마의 사랑 속에 늘 따뜻하고 긍정적인
시선으로 사람과 사물을 바라보는
딸의 시들은 오늘도 독자에게 기쁨을
줍니다.
모녀의 진실한 사랑을 선물로 받아안으니
행복합니다

아름답게 삶을 완성해 가는 시인에게

/ 조 영 갑(시인·수필가·대학교수) /

시는 삶의 체험이나 감성을 축적하여 암시성 언어로 비유한 것입니다. 그래서 시인에게 시는 상상과 감성을 통해 자신의 인생을 재해석하는 것입니다.

최현주 시인의 『창가에 서서』 시집 출간을 진심으로 축하드립니다.

작가는 불편한 몸이지만, 세상에 존재해야 할 가치를 찾아 누리기 위해, 결코 흔들리지 않는 마음으로 자연과 인생에 대해 노래하고 있습니다.

시인은 상상력과 사물의 진실을 통해 아픔을 행복으로 승화시킨 언어로 잘 담고 있기에 많은 감흥을 갖게 했습니다. 그 시어들은 작가에 정서의 고취이고 삶의 표출된 마음이기도 합니다.

세월이 만들어낸 삶의 흔적을 기쁨과 행복으로 승화시켜 의미 있는 운율적 창조를 하여 많은 독자들에게 진정한 감동을 줄 것입니다.

인생길은 자기 스스로 만들어 가는 것입니다.

시인의 시집출간에 기쁨을 함께하고, 아름다운 삶을 위해 더욱 좋은 시로 노래하며 행복한 인생길을 걸어가길 바랍니다.

● 〈창가에 서서〉 시집 발간을 축하합니다.

/ 운해 김종억(시인, 수필가, 사진작가) /

금란 서교분님과 최현주 요안나 님의 시집 〈창가에 서서〉의 발간을 진심으로 축하드립니다. 금란 서교분님이 팔십 평생을 살아오면서 겪어온 숱한 고통과 고난의 이야기들은 한 시대를 겪어온 대한민국 여성의 대표적인 삶의 모습이 아닌가 하는 생각을 해봅니다.

몸이 성치 않은 어린 딸을 안고 삶의 현장에서 동분서주하던 금란 님의 모습을 떠올려보면 분명 그 시대를 멋지게 살아낸 원더우먼이었습니다.

그 딸이 성장해서 금란님의 칠순 잔치 때에는 그래픽 전시회를 통해 어머님을 기쁘게 해드렸고 이번에는 어머님과 함께 〈창가에 서서〉이라는 시집을 출간하게 되었으니 이보다 더 큰 의미와 기쁨이 어디 있겠습니까?

　남편의 긴 병수발과 다섯 자녀들을 키우기 위해 고난의 터널을 지나오면서도 늘 하느님에 대한 굳건한 믿음 하나로 버텨내셨던 금란님에게 아낌없는 박수를 보내드립니다.

　"비틀거리면서도 나를 굳건히 잡아준 것은 내 마음에 중심을 잡아준 어릴 적 신앙과 무럭무럭 자라면서 나에게 힘이 되어준 자식들이었다."라는 금란님의 고백처럼 굳건한 신앙과 가족은 삶의 중심이었고 금란님이 살아야 하는 이유가 되었습니다.

　끝으로 금란님과 최현주 님의 시집 〈창가에 서서〉의 상재를 진심으로 축하드리며 앞으로도 더욱 멋진 시의 향기가 널리 퍼지는 삶이 되기를 진심으로 기원합니다.

　　　　　　　　　2022년 가을이 곱게 물들어가는 11월에

차례

1부 고독한 풍경

2부 사랑

차례

3부 가족은 평생 짝사랑

4부 하느님의 사랑안에서

5부 일상의 행복

최현주 요안나

1/부

고독한 풍경

밤엔

밤엔
꿈꾼다
하늘나라에
나의
예쁜 나비의
황홀한 모습을
보기 위해
몸부림친다

밤엔
불빛을 본다.
빨강, 하양 불빛 속에
어우러진
슬픈 이야기를……!

노를 저어본다

노를 저어본다

인생의 고운 낙엽이
바람에 날린다

빨강, 노랑, 주황
낙엽들이 햇살 속에서
고운 빛으로 발해 버린다

고운 빛으로
발해 버린 낙엽들은
외로운 눈물이 된다

노를 저어본다
바람에 내 눈물
날리어 간다

바람에 내 눈물이
진한 회색빛으로 변해도
푸른 하늘에 총총
오작교를 건너리라.

꽃길

그대는
어디에 계신가요?

그대는
나에게서 멀리
달아나 버리시는 건가요?

나하고 같이 가요.
나하고 팔짱 끼고
멀리 같이
저기 저 꽃을 따러
같이 가요

꽃을 다발로 만들어
이 아름다운 세상을
함께 걸어가요
걸어서 아무도 모르는
나만의 나라로
떠나요

나를 업어서
아름다운 꽃길에
데려다주세요

나만의 꽃길에
나를 데려다주세요

아무도 없는
꽃길로.

나무는

나무는
가만히 어떤 생각에
잠겨있나보다

왜 그럴까?

아무 말도 없이
움직임도 없이

나무는 그렇게
생각에 잠겨있다

그러다가 갑자기
바람에 흔들려
낙엽들을
우수수 떨구어낸다

깊은 생각에서
잠시 깨어난 나무.

우뚝 선 시간

우뚝 선 시간

마음을 다하여
몸과 맘을 다하여
잡으리라

바람에 날려 가는
꽃잎들도 서버린다

파란 하늘도
더 파랗게 보인다.

우뚝 선 시간은
누가 잡는가?

내 얼굴

내 얼굴은
창백한 얼굴

검은 안경 속엔
조그만 눈을 가지고 있네
내 얼굴엔
흰 백합화가 시들어 있네

내 얼굴에
웃음꽃이 피면
아름다운 나비 날아 오지만

내 얼굴이
일그러지면
예쁜 나비는 멀리멀리
날아가 버리네

내 얼굴에
낙엽들이 이리저리
뒹굴어 다니면,
내 얼굴은 자꾸만
추워지네

밝은 얼굴이 사라지고
어두운 얼굴이 되면

밤하늘에 푸른 별들처럼
슬픈 얼굴이 되리라.

초라한 바다

저기 저 바라다보이는 바다
내 모습과 같다

나의 모습처럼
저기 저 바다에
둥둥 떠 있는 섬들

아니!

바위들은
초라한 바다에
깎이어 간다

초라한 바다는
항상 성난 파도가 몰려와
모래를 삼켜 버린다

파도는
얄미운 소리를 내며
멀리 가 버린다

나의 모습처럼

초라한 바다는
초라한 웃음 지으며
초라하게 서 있다.

창가에 서서

모기장에서 보는
파란 하늘은
네모난 하늘

파란 하늘에
눈물방울은
별이 되어 간다

창가에
나무들은 가만히
나를 바라본다

슬픈 눈으로

새들은 하나, 둘
짝지어 날아가 버린다

슬픈 목소리로
울면서.

어둠

밤은 어디서 왔을까?
무척 어두워 보인다

별빛만 반짝반짝
반짝거리는데
왜일까?

밤하늘은 왜 어두울까?

아침을 기다리는
어두움은 칠흑 같다

정말 어둡다.
슬픔마저도 어두운데…….

쓸쓸한 웃음

쓸쓸한 웃음 지었지

그대를
사랑하며
웃음을 터트렸지

쓸쓸하게

그대는
저기 저 벤치에 앉아
떨어지는 낙엽에
쓸쓸한 웃음 지었지

그대는
혼자만의 외로움을
안겨 주고
떠나갔지
쓸쓸한 웃음 지으며

그대는
흔들어 보였지
안녕이라고

그리고

쓸쓸한 웃음 지었지!

모습

저기 저 나무는
무엇을 하기에
저렇게 서 있나

저기 저 나무는
무엇을 하기에
나에게
슬픔을 말하나

저기 저 나무는
무엇을 하기에
그대에게
미소를 보이나

저기 저 나무의
눈물방울 방울이
바람에 나뭇잎 되어
날리네.

겨울나무

추워 보인다

얼마나 추울까?

옷을 하나, 둘
바람이 가지고
가 버린다

나뭇가지엔
휑한 바람만 맴돌고
안간힘으로 버티는
나무는 추워 보인다

낙엽은
속절없이 뒹구는데

나무는
고운 웃음을
지을 뿐이다.

하늘

하늘이 흔들린다
검은 구름도 흔들린다

하늘에서
한 방울 눈물이
내린다

그 눈물
방울 방울이
모여 큰 슬픔을
이룬다

그 눈물에
나무는 자란다
나무는 자라서
잎과 어여쁜 꽃이
피어난다

그대의 눈물은
봄 햇살

맑은 구슬이 되어
화사한 이슬이 된다

그대의 얼굴에서도
검은 구름 하나가
있다

그것이 내린다.
그대의 마음을
말하듯이

우울한 마음에
그대는
하늘을 올려다
본다

하늘이
흔드는 소리에
봄은 찾아 든다.

슬어 버린 낙엽

노랗게 변해 버린
풀 위에는
낙엽들이 이리저리
뒹굴고 있다

나무엔
앙상한 가지만 남았다
그렇게 멋있던 나무는
벌거숭이가 되어 가고 있다

지금
그 가지엔
하나의 낙엽이
외롭게 울고 있다

그 낙엽마저
떨어져 슬어버리면
추운 날에 따스한
불꽃이 된다

바람이
하나밖에
남아 있지 않은
낙엽을
떨구어 버리려고
불어온다

나무는
벌거숭이가
되어버렸다

언젠가 찾아올
따스함을
기다리면서

낙엽은
검은 재가되어
바람에
날리어 간다.

오후의 햇살

오후의 햇살이
비추어 온다

그 햇살은
따스했다

누런 잔디엔 여기저기
불태운 모습으로
싸늘한 재만 남았다

왜일까?

봄의 화려함을
위해 자신은 검은 재가
되었나보다

나무 기둥 사이 사이에
아스팔트가 보인다

그 위로
햇살을 신고
자동차가 달린다

아스팔트에
하얀 연기가 올라온다
아지랑이인가?

나무들은
서로를 부둥켜
안은 채
따스한 봄에 햇살을
기다린다.

4월의 바람

4월의 바람은
심술쟁이

어디에서 와서
어디로 가는지

길거리의 수많은
그것들한테로 가는지

아니면,
연인들의 옷깃을 살짝 스치고
어디로 가는지

4월의 바람은
심술을 부려놓고
또 어디로 가는지

수많은 자동차를
데리고,
어디로 가는지

4월의 바람은
또
추억을 싣고 와서
어디로 가는지

지난날의
사랑하던 것들을
실어 왔다가
4월의 바람은
어디로 가는지

심술꾸러기
4월의 바람은

어디로 가는지
어디에서 오는지
모르지만,

4월의 바람은
너무 잔인해.

장마

축축한 그가 왔다
꿉꿉해라

왜 이럴까?
왜 이리 꿉꿉한지
나는 모르겠다

비가 한없이
내린다

하늘이 슬퍼선가?
가슴이 아파선가?

가슴이 아파서
한없이 흘리나 보다

그 눈물은
나무에게는
생명의 물이 된다

나무는 그것을
알려는지 모르겠다
나무는 끝끝내 기다렸겠지

그러나 그가
가슴이 아파서 내리는
건지 그들은 모를지도 몰라

지금은 먹구름만이
잔뜩 하늘을 뒤덮고
있을 뿐이지만

또 다른
가슴 아픈 사연을 싣고
마냥 쏟아붓겠지.

불 꽃

나무가
쌓여 있다
무엇을 기다리나?

나무가
쌓인 곳에
기름이 부어졌다

무엇을 기다릴까?

나무들은
차가움을 참으며,
불씨를 기다린다
다들 모여 앉아
온기를 기다린다

나무가
쌓인 곳에
불이 붙었다

합성 소리와 함께
인디언들이
춤을 춘다

그 합성 소리에
불꽃은
별이 되어
하늘로 올라간다

하늘로~ 하늘로~

그리고,
나무들은
검은 재만 남았다

한 가닥
바람이 사라진 뒤엔
적막감이
나의 가슴으로
스며들어 온다

하늘을
올려다본다

별이
여기저기에서
아름답게 빛난다

불꽃이여~
안녕히!~

나의
쓸쓸한 가슴에
안녕을 고한다

안녕! 안녕!

텅 빈 가슴엔
아직도
불꽃이 남아 있나 보다.

커튼이 닫혀 있다

커튼이 닫혀 있다

세상과의
단절된 기분

새들의 울음소리가
들린다

"봄이 오나 보네."

"봄 색들이 줄지어서
나오겠지?"

"화려함과 예쁨에
눈을 감아 버리겠지!"

봄의 화려함이 어른거린다

노랑, 파랑, 연두, 초록의
바람이 불어온다.

어제와 오늘

어제는 하늘에
검은 구름이
가득했다

온통 세상이
어두움으로 덮였다

그가 몰고 왔다
너무나 어두웠다.

오늘은
흰 세상을 몰고 왔다
너무나도
하얗게 내린다

흰 꽃이
바람에 실리어
어디로 가는 건지

잔디 위에 앉아

포근한 이불이 되었다.
무척이나
따스하게 보였다

내 방 청문에
따스한 햇살이 들어와
고운 색으로
물들었다

너무나도 예쁜 색으로
물들었다

무지개가
고운 미소를 지었다
아름답다

아기가 왔다.
하얀 포대기에 싸인
아기가
하얗게 웃는다.

고요한 밤

잠든 밤에
소리 없이 태어나신
아기 예수

목동의 양 떼들도
즐겁게 노래 부르게 하소서

고귀한 아름다운 모습
어머니의
사랑으로 감싸주소서

고요히 잠드소서
당신을 사랑합니다

목동들도,
동방 박사도,
하늘에 별들도
당신에게
전하게 하소서.

바람이 불어와

바람이 불어와
머리카락이 날리는데,
바람은 참 심술꾸러기인가 봐!

바람이 불어와
옷자락이 춤을 추는데,
바람은 댄서인가 봐!

바람이 불어와
사람들에게 움츠림을 주는데,
바람은 장난꾸러기인가 봐!

바람이 불어와
창문을 꼭꼭 닫히게 하는데,
바람이 심술부리나 봐!

바람이 더욱더 불어와
세찬 바람이 눈물 젖게 하나 봐!

바람아!
너는 욕심이 많은 심술쟁이.

도시의 불빛

도시의 불빛이여!

어여쁜 날을 그리기 위해
불빛은 반짝반짝 빛난다

불빛 속
아름다운 어머니가
아가의 볼에 입 맞추었다

그 입맞춤이
불빛 사이로 희미해질 때
아름다운 음악이
흐르고 있었다

도시의 불빛이여!

어여쁜 날을
축복하기 위해 빛나라.

높은 하늘에

구름과 바람은
높은 하늘에서
양들을 몰고
어디로 가는 건가요?

좋은 세상
찾아가는 건가요?

아름다운 음악이 흘러나오는
그런 세상으로

어여쁜 나비와 새들과 함께
양들을 몰고 갑니다.

젊은 그대

싱싱한 과일처럼
탐스러운 그대
더욱 싱싱하여라

맑은 물에
비치는 그대
투명한 거울
이여라

젊은 그대여

그대는
아름다움을 가진
꽃이어라

오! 아름다운 젊음 이여!

노을 깊은 곳에

저기 저 노을은
어디로 가는 걸까?

많은 것을 가지고
가는 건가?

추억들 속에
노을은 어딘가 숨어 버린 건가?

노을 속에
많은 추억은
노을 속 깊은 곳에서
나와 숨바꼭질을 한다

빨강 노을 속 깊이
숨어버린 추억들을 찾아
나는 여행을 떠난다

노을 속 깊은 곳에 있는
나의 추억을
만날 때까지.

내가 만일

내가 만일
당신을 사랑하게
된다면

당신 대신 그대라고
부르리라

또 사랑하게 된다면

저 창가에 펼쳐져 있는
푸르른 녹음과

새싹들의 어여쁜
모습을 보면서
그림을 그려보리라

저 모양들을
도화지에 그려
예쁜 모습에 취해 보리라.

촛불

검은 심지에
라이터 불을 켜면
그대의 붉은 얼굴이
어여쁘네

주황 불빛엔
너무나 아름다운
그대 미소에
반해 버리네

라이터 불을 켜면
그대의 검은 눈동자
속 깊숙이
사랑을
노래하네

촛불이
하얀 마음을
노래하네.

나무는

나무는 왜일까?

그대는 하늘을
우러러
저기 날아가는
새를 바라본다

나무는
새를 귀여워한다

새들은
푸른하늘을 자유롭게 날아
그대의 팔에 꿈을 한 아름
안겨 준다

나무는
어여쁜 꽃들을
바라본다

꽃들은
자신을 자랑하며
예쁜 웃음 짓는다

나무는 꽃을 보며
붉게 물들여 가는
하늘에 빠져든다

나무는 왜일까?

노을빛

주황빛 속에
그을린
그대의 얼굴은
사과 같아라

그대의 웃는 모습에
반해
나뭇잎들은
춤을 춘다

주황빛 속에
그림을 그려
보네!

구름 위에
포근히 잠들어 있는
그대의 모습을.

가을

파란 하늘이 고와라

바람에 이리저리
흔들리는 것이 좋아라

나뭇잎들이 고와라

빨강, 노랑 탐스러운
열매들 색깔이 고와라

가을 햇살에
비추는 그대의
얼굴이 고와라.

어머님

검은 머리가
흰 머리로 변해 버린
당신은
고귀한 어머님

어머님이
웃으시면,
우리들은 즐거워합니다

예수님의 등에
십자가가 있듯이
당신의
작은 어깨가
무거워 보입니다

하지만,
당신은
아무렇지도 않은 양

그냥 그렇게
웃음을 지으십니다

아가들이
웃음으로 인사하면,
당신은
미소를 지으시며
볼에 입맞춤하시는
우리들의 진정한
천사표 어머님이십니다

당신을
사랑합니다.
어머님이시여.

사랑

창가엔
햇살이 비추어 오네

그 햇살에 바래
그대의 얼굴이
사과가 되어버렸네

창가에 서서
벌거벗은 나무를 보네
벌거벗은 나무는
고운 눈송이에
따스함을 느끼네

창가에 서서
별들의 속삭임을
들어보네

별들의
사랑 이야기가
들려 오네

창가에 서서
그대의 슬픈 눈을
생각하네

그대의
슬픔 어린 사랑
그대를 사랑합니다!

미 소

나무에 이슬이
맺혀 있다

하얗고 고운 마음으로
인사를 한다

곱고 파란 하늘에
한 점 뭉게구름에
하얀 미소가 보인다

정말 고운 미소였다

밤하늘에
별빛의 미소가
보인다
모두가 잠들어 있는 밤에

별빛들의 여린 미소는
정말 슬펐다

그렇지만
아가들의 고운 미소처럼
정말 예쁘다.

꽃의 향기

어여쁜 오월 하늘에
반해 버린다

그대의
고운 입맞춤과
각양각색의 꽃들

그대는
장미 향기에
취해 버린다

나뭇가지의 잎들이
하나둘 돋아나
초록빛으로
물들어 버린다

오월의 그대는
따스한 초록빛에
아름다움이여

꽃잎들이
바람에 날리어
그대의 품속으로
들어와 포근히
잠이 들어버린다

꽃이여!
그대는
향기에 취해 버린
여왕 이시어라.

창문 밖 풍경

창문 밖 풍경은
바람에 흔들리는 풀잎

가만히 흔들리는 것이
엄마의 품속을 생각하게 한다

창문 밖 풍경은
옷을 두껍게 입은
나무들

그래도 그들은
더위를 타지 않는다

고운 옷이 그들을
멋쟁이로 만든다

창문 밖 풍경은
비가 내린 뒤
슬리퍼가 여기저기
여행을 간다

창문 밖 풍경은

햇빛에 이슬이
오색 무지개가 된다.

소낙비

구름이 여행을 한다

달리는 기차에서 창밖을 보니
서로 다른 모습들이 보인다

나무가 어여쁜 옷을
입고 자랑스레 서 있다
검은 구름이 다가와
고운 옷을 적시어 버렸다

그들은
아무렇지도 않은 양
그 자리에 서 있다
그냥
아무렇지도 않다는 듯이
그냥 그렇게

그들은
자랑스러운 듯이
가만히 서 있다

검은 구름이
떠나간다
고운 옷에 햇살이
비추어 이슬방울이
되었다

이슬방울이
곱게 피어났다.
아주 곱게.

불빛 속에 눈

어두움 속에서
눈이 내린다
온 세상이 하얗다

나뭇가지엔
하얀 이불을 덮여 간다
그 가지에 내린
가로등 불빛이
따스해 보였다

하늘에서는
은빛 구슬이 빛을 내며
하얀 모습으로 내려온다

첫사랑의 추억을 안고
나에게로 내린다

눈이 내린다
함박눈이 내린다

땅 위엔
솜이불이 따스하게 깔렸다

그 위로
발자국이
하나, 둘 아니
여러 개나 있었다

지난날
추억의 모습으로
걸어가고 있었다

나의
아련한 추억 속으로

눈이 내린다
새벽녘
가로등 불빛을 받으며
눈은 나에게로 온다

눈은 어둠 속에서도
희미한 빛으로 반짝인다
진한 추억의 모습으로
내 가슴을 적신다

눈이 내린다

나에게로
나에게로
눈이 내려온다
가로등 불빛을
흠뻑 받으며….

- 1996.1.30 첫눈을 보면서

촛불 속에서

촛불 속에서
따스한 풍경들이
스쳐 지나가 버린다

불빛에 비추는
나의 마음속엔

노랫소리가
들려 오고
황홀한 불빛에
일그러진 모습들이
아른아른 느껴진다

촛불 속에서
어우러진 우리의 모습이
빛으로 발하고 있는데,
우리의
고운 마음, 고운 기억들도
점차 바래 버린다

촛불 속에서
가는 해를 되돌아본다

가는 해는
아쉬움보다는
외로운 한 해가 되어버렸다

외로운 한 해가
기다렸다는 듯이
그대의 곁을 떠나가려 한다

하지만
외로움 속에서도
흰 눈이 내리고
맑은 웃음도 있었다

그대의
웃음소리에

성탄을 알리는 종소리가
들려 온다

어느 날 문득
우리 곁으로 왔다가
떠나버리는 해야!
외로웠던 한 해야!

이제는 모두 안녕이다

가는 해에 안녕을 고하고
고운 미소로
또 한해를 기다려본다

아니,
외로운 한 해가 아닌
사랑이 많은 한 해를
기다려본다.

금란 서교분

3/부

가족은 평생 짝사랑

금지옥엽

금같이 귀한
복덩이 큰 딸이다

금같이 귀한
도밍고 도미니코다

금같이 귀한
막시마 도미니카다

금지옥엽
세상에 나아가
금같이 귀하게 살아라.

암 수술 (2019. 4)

저의 방패이신 하느님
그리스도의 얼굴을 굽어보소서
저는 카트에 실려 수술실로 향합니다

수술실에 입실하여
의사 선생님, 간호사에게
'평화를 빕니다' 하며
눈을 감았습니다

십자가에 못 박히신
예수님을 떠올렸습니다

아버지, 아버지는 저의 방패이십니다
마지막 간절한 기도는 차마
입 밖으로 읊조리지조차 못한 채
죽어갔습니다

갑상선으로부터 유방까지

두 선생님은
교대로 내 생살을 잘라 냈습니다

깨어나는 순간
저는 너무 아파서
예수님, 아버지를 큰 소리로
불렀습니다,
아버지 너무 아픕니다

병상에 누워
보이는 건 천장뿐인데
불현듯,
영원한 도움의 어머니 앞에
예수님이 서 계셨습니다

간절한 기도에 응답하셨는지
예수님이 나타나신 겁니다

기적입니다
감사합니다!
감사합니다!

울컥하고 올라오는 감동이
내 마음을 적셨습니다
감사의 기도가 물밀듯
밀려왔습니다

소리 없이 입원하여
수술 하루 만에
호박죽을 먹기 시작했습니다

그 후로 진통제 투입,
퇴원할 때까지
통증 없이 견디어 냈습니다
저만이 알고 있는 진실입니다

지금은 온 가족이

당신 뜨락에서 지내는
하루하루가
그 어떤 하루보다
더 좋습니다

간병으로 수고한
작은며느리 검진을 따라다니며
검진 권유를 완성했지요

어떠한 처지에서도
수술실에서 저를 살리신 하느님께
사는 날까지 순명하며
감사하며 살겠습니다.

아버지 들리시나요?

오늘도 하모니카를
불었습니다

아버지의 사랑으로 사주신
하모니카는
늘 불어도 또 불어 봅니다
기쁠 때나 슬플 때도

아버지 들리시나요?

주머니에 돈을 다 털어가며
사주신 하모니카

방방 뛰며
너무 좋아 함박웃음에
아버지는 나보다도
더 좋아하셨지요

아버지
75년이 지났어도
그대로이십니다

"너는 다 잘 할 수 있어
다 잘 될 거야"

하시던 말씀
지금도 귀에 쟁쟁하게 들립니다

아버지 사랑합니다.

주말농장 배추밭에서

아들 손자 손녀와 함께
배추를 수확하네

들키고 싶지 않은
속 이야기도
배추밭에 선
다 쏟아 놓게 되네

싱싱함 냉정함 거룩함
표정도 다양한
겨울 배추들

나에게 손 내밀며
삶은 희망이라고
묻지도 않는데
자꾸만 이야기하네

손자 목소리
"배추가 커!"

아빠의 장단에 맞추어
부름에 한 번씩 얹어 손수레에 싣네

함께 누워
하늘을 바라보며
죽어서 행복한
월동 준비 서두르라 하네.

잡초 雜草

노인 복지원에서 분양한 주말농장
김포공항 뒤 강서구다
처음엔 길을 몰라
헤맸다

거기가 거기 같고
저기가 저기 같고
헤매다 보니
내 머리는 잡초인가?

아무리 주소를 찾아봐도
주말농장을 찾을 수가 없다
모퉁이에 차를 세워
길을 물어보았다

넓은 땅에 구석진 농장은
잡초가 우거져 있다

봄 한 철 상추
잡초를 뽑아주고 물을 주워
예쁘게 자라 풍성했다

한잎 두잎 뜯어
포대에 담으니 가득 찬다.
명동 에세이 클럽에 한 봉지씩
주고 나니 너무 행복했다

새벽 미사 자매들
봉지에 담아 한분 한분
무공해 상추라고 너무 좋아한다

다음엔 감자를 심고
잡초를 뽑았다
무럭무럭 자랐구나

막내아들 손자 손녀
함께 가 감자를 캐기 시작했다

마지못해 감자 뿌리를 뽑는다

손자 손녀에게
"감자 캐는 대로 다 너희 집에 가져가라"
했더니 더 열심히 캐기 시작한다
'영차영차' 하며 끌고 간다

다음 김장배추를 심어 잡초를 뽑고
풍성하게 자라
속이 오르기 시작했다

큰아들 출국하기 전에
잡초를 뽑고 물을 주었더니
손자가 웃자란 김장배추 한 포기를 들었다

아들은 힘겨워하는 손자와 함께
'영차영차' 하며 배추를 손수레에 싣는다

마음에 잡초는 어느새 사라지고

손자가 힘에 겨워 젖 먹던 힘까지 발휘하며
포기하지 않는 모습이 대견하다

잡념을 없애려면 잡생각을 뽑아 버려야 한다.

내 생일 날

대녀가(천주교 부모)
복덩이 딸(뇌성마비딸)을
만나러 간단다
KTX를 헨드폰으로 예매했다
용산역에서 공주행 17호 7C

길면 기차 라더니
열아홉 칸을 매달고
달린다

한 시간 반 만에
공주역에서
대녀 부부를 만났다

연시를 들고 와 권한다
대녀는 불그레 더 예뻐졌다

연시를 받아야 하는데
가을이 무르익음을 연상하며
아무 생각 없이 머리를 흔들었다

공주역에서 2시
일 분도 틀리지를 않았다.
우리는 함께 승용차에 올랐다

복덩이는 복덩이답게
웃으며 대녀에게
"언니 고마워요"

"대부님 대모님
생신 축하해요!"

연금 탄 돈으로 맛난 점심을 사주었다

저녁 5시 용산역에 도착했다

오후 7시에
가족들과 내 생일 만찬이
예약되었다

큰아들 꽃다발과
발 맛사지 예약
다섯 번째 통화 해 겨우 내 차례다

새벽 5시부터
저녁 9시 30분까지
내 생일날의 축하시간이
이어졌다

이 시간은 내 생에서
오늘이
최고로 좋은 날

시간을 창조한 기분이다.

작은 이

작은 언니 작은 누나
작은 오빠
작은고모 작은이모
작은 엄마 작은할머니

'작은'으로 시작하는
모든 말은
아름답고 따뜻하다

나는
작은 엄마다
그리고 작은이모가 둘
작은고모가 둘이다

시집에서는 작은 엄마지만
큰 엄마 역할에
힘에 겨워도
사랑만은 많이 해준 것 같다

불림을 새롭게 기뻐하며
더 많이 사랑하리라.

생일상

동네 아우들이
내 생일상을 차려준다고 한다

마리아 막달레나
비좁은 부엌에서 분주하다

아침은
아들과 함께해야 한다
지난 생일이라 사양했다

아무것도 아닌
나에게 준
사랑과 정성을
거부하는 것은 아닌지

형님이 좋아하는
굴비 고등어 불고기
준비했다며
나를 유혹한다

가끔 갑자기 초대해
음식을 준비한다

너무 감사하며
무엇으로 보답해야 할지
그들의 배려가 무한 감사하다

우선 기도로 보답해야겠다.

하모니카 불기

하모니카는
내게는 단짝 친구
마음을 온화하게 해준다

하모니카는
침울함을 치료해주고
건조함에서 나를 일으켜준다

하모니카는
즐겁고 행복하게 해주고
거친 호흡에 건강을 찾아준다

하모니카는
나이가 팔순이 지났지만
나이를 잊게 해준다

하모니카는
초심으로 돌아가
매일 새로운 힘이 생겨난다.

하느님의 사랑안에서

고통

나를 통해 지나가는
그것은 견디어 내는 힘
은총이었다

내가 죽을 때까지
편안했으면 좋겠다
어떤 것이든지

모든 고통은 내 것이 아니고
나를 통과하려고
하지 않는다

잊혀지게 되어 있다

사람이 흙에서 왔으니
흙으로 돌아간다

우리 존재의 의미가 무엇인가?
고통은 은총이었다고.

병수발

신달자(엘리사벳) 시인
남편 23년 병수발
남편 53번 병원에 입원

나는 남편 병수발 7년
남편 53세 돌아가시고

큰딸 고열로 장애자로 살아온 삶
내년이면 육순六旬이다

그 당시 중2, 중3, 고3, 대학1
험난하게 파도친 내 인생이지만
그래도 감사했다

하느님의 섭리에 따라
그렇게 받아들이고 살아왔다.

하느님의 현존 수련

영성 생활에서 가장 거룩하고
가장 필요한 수련은
하느님 현존 수련이다

이것은 하느님의 사랑을 즐기게 하고
익숙하게 하는데 필요한 것

언제 어떤 순간에
특히 유혹이나 고통, 싫증,
심지어 불충실하거나 죄에 떨어졌을 때에도

어떤 규칙이나 격식 없이
그분께 겸손하게 말씀드리고
다정스럽게 이야기하는 거다

우리 자신을
하느님께 희생 제물로 바치는 것이
우리에게는 유익이 되고
그분께는 기쁨이 된다는 것

그분께서 우리를 온갖 시련과 비바람
유혹 가운데 내려 두지는 않는다

하느님의 섭리 안에서
정상적인 것임을 믿어야 한다.

프란치스코 교황님 말씀

모든 것은 인연으로 만들고
흩어지는 구름인 것을
미워도 인연 고와도 인연
이 세상에서 누구나 짊어지고
있는 고통인 것을
피할 수 없으면
내 체온으로 녹여라

삶은 내게 말한다
그만하면 되었다고

넌 충분히 노력했다고
안되는 걸 어떡하냐고

지치는 게 당연하고
외로운 게 당연하고
실패하는 게 당연하다

그러나 아프지는 말라고
마음이 무너지면 안 된다고
내가 가진 용기 있는 마음을
꼭 본받고 있느냐고

그렇게
삶이 내게 말한다
내 삶이 나를 응원했다.

생명의 숨결이신 성령님

성령이 아니 계시면
하느님은 멀리만 계신다

성령이 아니 계시면
그리스도는 과거에만 머무르신다

성령이 아니 계시면
복음은 죽은 문자에 불과하다

김수환 추기경님 공로상

성령이 아니 계시면
교회란 한낱 조직에 불과하다

성령이 아니 계시면
권력이란 한낱 지배일뿐

성령이 아니 계시면
설교란 한낱 선전 광고에 불과하다

성령이 아니 계시면
그리스도의 행위는 노예의 윤리에 불과하다

그러나 성령 안에 우주는
온통 잠을 깨고
왕국을 낳는 산고로 신음하고 있다

성령이 계시면
부활하신 그리스도 여기 계시고

복음은 찬란한 생명력을 내놓고
교회는 성 삼위와의 통교를 의미하고
권위는 해방자의 섬김이 되어
선교는 성령강림의 축제가 이며

전례는 이제 왕국에
미리 참여함이고
인간의 행위는
하느님으로 가득 차리라.

마음

작은 바람에도
떨리는 나뭇가지 같다
그렇게 흔들릴 때
살아 있는 것이다

이 흔들리는 사이에
힘이 생긴다

인생을 살아가는 동안
방황과 고통의
시간을 겪으면서

나는 이 시간을
낭비라고 생각한다
억울하다고까지 한다

그런데
이러한 약점과 결점을
통하여

오히려 일이
해결 되는 경우가 있다

하느님 안에서는
이 약점이
이렇게 쓰이는구나
하고 깨닫게 된다

좌절과 절망이 아니라
다시 희망으로 넘어간다

갈팡질팡한다는 것을 인정할 때
다른 이를 함부로
판단할 수 없다

마음의 움직임을
곱씹어보며

마음의 움직임을

아버지 하느님께
설명해 드린다

그럴 때 성령께서
우리 안에서 하시는 일을,

성령께서
우리를 어떻게 이끌어
가시는지 알게 된다.

큰아들 내 생일선물

5/부

일상의 행복

마중물

마중을 나간다 내가 먼저
두 팔 벌려 함박웃음으로
들판을 지나 언덕을 넘어
푸르고 싱그러운 숲속
빛 고운 오솔길 한없이 걸어간다

새싹이 돋는 감나무 가지에
손수건을 걸어 놓고
두 팔 벌려 함박웃음으로
내가 먼저 마중을 나간다

우리가 행복하기만 바라시는
신의 선물을 기억하는
감사의 마음을 샘솟게 하는
마중은 마중물이다.

카카오톡

시크린 가든(OST)을 들으면서
노르웨이 향린원(香隣園)을 그린다

욕심 없는 마음으로 살아간다면
삶은 그리 무겁지 않다
가벼운 생각으로 살아간다면
삶은 그리 버겁지 않다

감사하는 마음으로 살아간다면
삶은 그리 힘들지 않다
즐거운 시간으로 살아간다면
삶은 그리 어렵지 않다

만족하는 기분으로 살아간다면
삶은 그리 나쁘지 않다
어렵게 생각할수록
인생은 더 힘이 든다

언제나 즐거운 마음으로
즐겁게 살아가는 것이
최고의 삶으로 가는 인생의 정답이다.

인생의 슬픔은 일상의 작은 기쁨

잠시 TV에서 자연인을 보았네
건강이 말기로 산속으로 들어갔다네

종일 몸을 즐겁게 움직이면
죽음에 대한 생각은
일과를 마칠 때까지
조용히 물러나 준단다

삶은 필연보다 우연에 의해 좌우된다
세상은 생각보다 불합리하고
우스꽝스러운 곳이다

노력만으로 이룰 수 있는 일은
원래부터 많지 않다

시간을 당해 내는 것은
결국, 아무것도 없었다
그래서 산다는 것은 슬픈 일이다
나라는 존재에 미약함을

깨달아 가는
과정이기 때문이다

그런데 다행스러운 점이 있다
인생의 슬픔은 일상의
작은 기쁨으로 인해
회복된다는 사실이다

그처럼 침울한 슬픔이
지극히 사소한
기쁨에 따라 위로된다

사소한 기쁨과 웃음을
잃어버리지 않는 한
인생은 무너지지 않는다.

항아리

세미원에 연꽃
연꽃 봉우리도 꽃 항아리 같다

작은 키 항아리부터
키가 큰 항아리는
맨 뒤에 놓여
더 늠름해 보인다.

그 옛날
남편의 출근길에
따라나서다 보면
길모퉁이의 항아리 상점

예쁨을 뽐내듯이
반들반들한 항아리들이
내 눈을 유혹한다

예뻐서 만져보다가
출근길에 지갑을 연다

또 한 쌍
키가 똑같은 항아리는
한 쌍이 되었다

어느덧 뒷마당 뜰에
항아리가 나란히 놓여
반짝반짝 빛나고 있다.

책

그동안 나는 고통 속에서
행복으로 오는 기쁨을
위하여 글을 썼다.

글을 통해 행복했고
행복을 나누는 기쁨에
감사한다

네 권의 책을 썼다

첫 번째,
고통은 고통이 아니고 은총이었습니다 (1989.5)

두 번째,
행복한 여자 칠순에 장녀 복덩이 그래픽 전시를 했다

세 번째,
걸어온 길, 걸어갈 길

그리고 네 번째
인연

나에게 글을 쓰는 보람을 느끼게 해준 장녀 최현주 요안나에게 감사한다

하루하루 시간을 주신 하느님께 감사와 찬미 드립니다

인생을 걸어오면서 감미로울 때마다 詩의 신선한 재료들은
나에게 감각의 감미로움을 더 해준다.

동생 수녀님 입회

여행

2022년 8월 22일부터 9월 6일까지
복덩이 장녀는
육순 여행 중이다
이날을 위해 십 년 동안 돈을 모았다네

둘째 딸 손자도 기내에서
수학 문제를 풀어가며
영국을 나와 함께 여행했다

손자가 커서 31살
직장에 다니며 결혼할 계획이다

막내딸은 가족 여행 중에
집에 다시 돌아간다고
떼를 쓰니 안타까웠다

막내딸은 불평이다
아니 부정적이다
그래도 하느님을 멀리하지 않고
잘살고 있어 감사한다

예수님이 다 이루어 주실 거다.

나만의 길

이제 나는 스스로 믿고 신뢰하며
나의 길을 계속해서 갈 수 있다

자기 자신을 받아들일 수 있기에
자신이 살아온 삶도
긍정할 수 있다는 뜻이다

나의 삶을 내가 긍정할 수 있을 때
나는 변화 한다

이제 나는 진정으로
새롭게 살기 시작한다
나만의 길을 가기 시작한다

온전히 자기 자신이 되는 길
이 세상에 고요한 삶의
자취를 남기는 일이다.

기쁨

고되게 일하다가도
자꾸만 웃고 싶은 마음

혼자 있으면서도
세상을 다 가진 듯
충만한 마음

누가 시키지 않아도
자꾸만 무얼 주고 싶고
나누고 싶은 마음

아픈 것도
내색하지 않고
끝까지 참고 싶은 마음

장미를 닮은
사랑의 기쁨이겠지

가시가 있어도 행복한
사랑의 기쁨이겠지.

행복한 얼굴

사는 게 힘이 든다고
말을 하지만
내가 행복하지 않다는 뜻은
아닙니다

내가 지금 행복하다고
말한다고 하여
나에게 고통이 없다는 뜻은
아닙니다

마음의 문을 활짝 열면
행복은 천 개의 얼굴로
아니 무한대로 오는 것을
날마다 경험합니다

어디에 숨어있다
고운 날개 펴고
반짝 나타날지 모르는
나의 행복

숨바꼭질하는
설렘의 기쁨으로
사는 것이
오늘의 행복입니다.

살고 싶다

열심히 살았다고 자부했건만
열심히는 온데간데없고
'살아왔다'만 남았다

후회 없이 사랑한다고 했지만
사랑은 온데간데없고
'후회 없이'만 남았다

좋은 시를 쓰고 싶다고 했지만
좋은 시는 온데간데없고
'쓰고 싶다'만 남았다

행복하게 살고 싶다고 했지만
행복하게는 온데간데없고
'살고 싶다'만 남았다.

사랑으로 가꾸어온 84년의 세월

- 모녀가 함께 쓴 『창가에 서서』을 읽고 -

지당 이홍규 시인

이 세상에 생김새가 똑같은 사람은 없다. 똑같은 생각을 지닌 사람이란 더더욱 있을 수 없다. 사람의 마음이란 그 깊이와 넓이를 알 수 없기에 어떤 이가 어떤 이의 마음을 안다고 했을 때 그건 진정으로 그이의 참마음을 아는 게 아닐 것이다. 다만 자신이 지닌 생각의 범위 내에서 더듬어 본 비슷한 짐작일 뿐이라고 생각한다. 그러기에 84세가 되신 분의 시를 읽고 해설을 쓴다는 것은 그만큼 어려운 일이다. 수많은 세월을 살아오신 분이 쓰신 시를 과연 얼마나 그 내면을 섬세하게 들여다보고 시인의 시심에 가까이 접근할 수 있을까?

우선 금란 서교분 여사가 〈작가의 말〉에서 밝힌 심정을 들어보면

"팔순八旬을 넘어 미수米壽를 앞두고 살아온 날을 뒤돌아보니 하루하루 고되지 않은 날이 없었다. 광야廣野에 마음 걸어놓고 허둥대던

날들이 그 몇 날이던가! 비틀거리면서도 나를 굳건히 잡아준 것은 내 마음에 중심을 잡아준 어릴 적 신앙과 무럭무럭 자라면서 나에게 힘이 되어준 자식들이었다. 선물같이 찾아온 장녀 최현주 요안나는 나에겐 아픈 손가락이었지만 어느새 그를 통해 고통 속에서도 기쁨이 있다고 하신 하느님의 섭리를 깨달았고 요안나는 평생 복덩이로 나를 위로해 주었다."

라고 고백하고 있다. 사실 금란 여사는 50세에 부군을 여의고 홀로 되어 5남매를 키우며 세상의 온갖 시련을 겪으신 분이다. 장녀 밑으로 4남매는 남부럽지 않게 키워서 서울대 등 명문대학교를 졸업시켜 우리 사회를 이끌어가는 역군으로 일하고 있다. 그러나 장녀 요안나 최현주는 장애인으로 60년을 품에서 돌보며 살고 있다. 그렇지만 금란 여사는 딸을 볼 때마다 애간장이 녹는 아픔을 느끼면서도 '선물같이 찾아온 장녀 최현주 요안나는 나에겐 아픈 손가락이었지만 평생 복덩이로 나를 위로해 주었다.'고 토로하고 있다. 이런 위안은 누가 가져다주는 것일까? 이는 어릴 적부터 믿어 온 종교의 힘! 즉, 하느님을 믿고 의지하는 신앙의 힘이 금란 여사를 불행마저도 위안으로 삼을 수 있게 만든 것이다. 이처럼 깊은 신앙심이 아니었다면 온갖 역경의 처지에서 영혼의 안식을 얻는 삶이 불가능했을 것이다.

그리고 금란 여사는 '그동안 나는 고통 속에서 행복으로 오는 기쁨을 위하여 글을 썼다. 글을 통해 행복했고 행복을 나누는 기쁨에 감사한다.'라고 밝히며 자신이 살아온 삶의 역사를 시로 써서 시집을 내고

자 한다. 참으로 자랑스럽고 장한 뜻이다. 나는 이분의 시가 자신의 감정을 언어로 조탁하여 시적인 이미지로 형상화하였는가? 따지기 이전에 이분이 살아온 삶의 역사를 글로 써서 행 가름하여 시로 나타내었다는 사실 자체를 높이 평가한다. 이분이 빚어내는 한마디 한마디가 미사여구로 꾸며낸 그 어떤 시 보다도 훌륭한 시라고 생각한다.

먼저 「행복한 얼굴」이란 시 한 편을 살펴보자.

> 사는 게 힘이 든다고
> 말을 하지만
> 내가 행복하지 않다는 뜻은
> 아닙니다
>
> 내가 지금 행복하다고
> 말한다고 하여
> 나에게 고통이 없다는 뜻은
> 아닙니다
>
> 마음의 문을 활짝 열면
> 행복은 천 개의 얼굴로
> 아니 무한대로 오는 것을
> 날마다 경험합니다

어디에 숨어있다
고운 날개 펴고
반짝 나타날지 모르는
나의 행복

숨바꼭질하는
설렘의 기쁨으로
사는 것이
오늘의 행복입니다.

        - 「행복한 얼굴」 전문

  이처럼 금란 여사는 행복을 숨바꼭질하듯 설레는 기쁨으로 찾아 자신의 것으로 만든다. "마음의 문을 활짝 열면 행복은 천 개의 얼굴로 자신에게 달려오는 것을 날마다 경험한다"라고 말한다. 이러한 삶의 자세가 84년의 기나긴 세월에 겪어온 모진 고통을 이겨낼 수 있었을 것이다. 이는 금란 여사의 매사에 긍정적인 사고와 전지전능한 하느님께서 늘 곁에 계신다는 믿음을 지녔기 때문에 가능했을 것이다. 이러한 금란 여사가 세상을 바라보는 긍정적인 사고방식은 「기쁨」이라는 시에도 잘 드러나 있다.

고되게 일하다가도
자꾸만 웃고 싶은 마음

혼자 있으면서도
세상을 다 가진 듯
충만한 마음

누가 시키지 않아도
자꾸만 무얼 주고 싶고
나누고 싶은 마음

아픈 것도
내색하지 않고
끝까지 참고 싶은 마음

장미를 닮은
사랑의 기쁨이겠지

가시가 있어도 행복한
사랑의 기쁨이겠지.

　　　　- 「기쁨」 전문

고되게 일하다가도 자꾸만 웃고 싶은 마음, 혼자 있으면서도 세상을 다 가진 듯 충만한 마음은 누가 가져다주는 것이 아니다. 자신의 가슴 속에서 저절로 피어오르는 마음이다. 사랑으로 가득 찬 넉넉한 마음은 누가 달라고 애걸하지 않아도 자꾸만 무얼 주고 싶고 나누고 싶은 마음이 솟아오르는 것이다. 이는 금란 여사가 남을 배려하는 마음과 베풀고 싶은 정이 많음을 보여준다. 이처럼 남을 배려하고 어려운 사람에게 베풀어주고 싶은 마음은 아무나 갖는 것이 아니다. 욕심을 비우고 마음속에 사랑이 충만한 이들만이 가질 수 있다고 생각한다. 이런 관점에서 금란 여사는 어떤 삶이 가장 정의롭고 바람직한 삶인가를 깨우친 분이라고 여겨진다. 그러기에 금란 여사는 인생 84년 동안 온갖 시련을 감내하며 깨달음을 얻은 선각자라고 해도 과언은 아닐 것이다. 이런 분이야말로 현생에서 영생을 누리는 분이라고 할 수 있을 것이다. 영생이 무엇인가? 자신이 겪고 있는 온갖 고뇌와 시련을 대수롭지 않게 여기고 마음의 고통을 스스로 잠재우며 남에게 사랑을 베푸는 삶이 현생의 영생이 아니겠는가? 그래서 금란 여사는 아래의 시를 읊을 수 있는 것이다.

이제 나는 스스로 믿고 신뢰하며
나의 길을 계속해서 갈 수 있다

자기 자신을 받아들일 수 있기에
자신이 살아온 삶도

긍정할 수 있다는 뜻이다

나의 삶을 내가 긍정할 수 있을 때
나는 변화 한다

이제 나는 진정으로
새롭게 살기 시작한다
나만의 길을 가기 시작한다

온전히 자기 자신이 되는 길
이 세상에 고요한 삶의
자취를 남기는 일이다.

- 「나만의 길」 전문

　이처럼 금란 여사는 자신의 삶을 긍정하고 변화하여 새롭게 살기 시작했다고 자신 있게 말한다. 그리고 이 세상에 현생의 자취를 남기기 위해 시를 쓰고 시집을 내는 것이다. 더불어 금란 여사는 인생을 달관한 분답게 「카카오톡」이란 시에서 "욕심 없는 마음으로 살아간다면 삶은 그리 무겁지 않다/가벼운 생각으로 살아간다면 삶은 그리 버겁지 않다/감사하는 마음으로 살아간다면 삶은 그리 힘들지 않다/즐거운 시간으로 살아간다면 삶은 그리 어렵지 않다/ 만족하는 기분으로 살아간다면 삶은 그리 나쁘지 않다"라고 자신 있게 말한다.

내가 먼저 마중을 나간다
두 팔을 벌려 함박웃음으로
들판을 지나 언덕을 넘어
푸르고 싱그러운 숲속
빛 고운 오솔길을 한없이 걸어간다

새싹이 돋는 감나무 가지에
손수건을 걸어 놓고
두 팔을 벌려 함박웃음으로
내가 먼저 마중을 나간다

우리가 행복하기 만을 바라시는
신의 선물을 기억하는
감사의 마음을 샘솟게 하는
마중은 마중물이다.

– 「마중물」 전문

마중물이란 펌프로 지하의 물을 끌어 올리기 위하여 먼저 펌프의 윗
구멍에 붓는 물을 말한다. 신앙심이 깊고 큰 여사는 "우리가 행복하기

만을 바라시는 신"을 마중하기 위하여 스스로 두 팔을 벌려 함박웃음으로 마중을 나가는 마중물이 되기를 바라고 있다.

시집 『창가에 서서』의 제1부와 제2부는 금란 여사의 장녀 요안나 최현주의 시 39편으로 꾸며져 있다. 요안나 최현주 씨는 올해에 환갑에 이른 이순이다. 이순耳順은 「귀가 순하다.」는 뜻으로 나이 60세를 이르는 말이다. 공자孔子가 60세가 되어 천지天地 만물萬物의 이치理致에 통달通達하게 되고, 듣는 대로 모두 이해理解하게 된다는 데서 나온 말이다. 그러나 애석하게도 요안나는 평생을 장애인으로 어머니의 보살핌을 받으며 살아오고 있다. 요안나는 〈작가의 말〉에서 다음과 같이 자신의 심정을 토로吐露하고 있다.

"현주는 무엇을 위해 어떤 인생을 살려고 세상에 태어났을까? 태어나면서부터 어머니의 걱정거리가 되어 죄송할 뿐이다. 세월이 훌쩍 흘러 이제 내 나이 육십이 되었다. 세월이 왜 이다지도 빠른지 모르겠다. 내가 이렇게 시를 쓸 수 있었던 것도 어머니의 눈물겨운 희생이 없었다면 결코, 이루어질 수 없었을 것이다. 나를 포기하지 않고 인간으로 만들어주신 어머니께 마음으로부터 깊은 감사를 드린다."

이처럼 요안나는 어머니의 은혜에 감사하는 마음을 지니고 있다. 그리고 요안나는 제 마음대로 혼자서는 외출할 수 없기에 지금까지 사회에서 세상 물정을 겪지 않고 어머니의 품속에서 살아왔다. 그래서 그의 마음은 아직도 어른이기보다는 어린이에 가깝다. 이는 그의 맑고 순수한 시를 보면 금방 알 수 있다. 내 얼굴이라고 제목을 붙인 시 한 편을 읽어보자

내 얼굴은
창백한 얼굴

검은 안경 속엔
조그만 눈을 가지고 있네
내 얼굴엔
흰 백합화가 시들어 있네

내 얼굴에
웃음꽃이 피면
아름다운 나비가 날아 오지만

내 얼굴이
일그러지면
예쁜 나비는 멀리멀리
날아가 버리네

내 얼굴에

낙엽들이 이리저리
뒹굴어 다니면,
내 얼굴은 자꾸만
추워지네

밝은 얼굴이 사라지고
어두운 얼굴이 되면

밤하늘에 푸른 별들처럼
슬픈 얼굴이 되리라.

- 「내 얼굴」 전문

이 시는 동심의 시(동시)라 할 수 있겠다. "내 얼굴에 웃음꽃이 피면 아름다운 나비가 날아오지만 내 얼굴이 일그러지면 예쁜 나비는 멀리 멀리 날아가 버리네."라고 노래한다. 환갑에 이르러서도 어린아이처럼 맑고 순수한 마음이 담겨있다. 한평생 곁에 두고 늘 함께 살아가는 어머니 금란 여사는 이처럼 순박하고 해맑은 요안나의 얼굴에서 때때로 천사의 모습을 볼 수 있었기에 아픈 손가락이면서도 위안을 얻을 수 있었던 것은 아닐까? 이 외에도 모든 시가 이처럼 세상의 잡티에 오염되지 않고 동심의 세계에서 온갖 상상력을 동원하여 아름다운 꿈을 노래한다.

밤엔
꿈꾼다
하늘나라에서
나의
예쁜 나비의
황홀한 모습을
보기 위해
몸부림친다

밤엔
불빛을 본다.
빨강, 하양 불빛 속에
어우러진
슬픈 이야기를……!

- 「밤엔」 전문

    이처럼 요안나는 자신이 생각하는 나비의 황홀한 모습을 보기 위해 몸부림치지만, 불빛 속에 어우러진 슬픈 이야기만 남는다. 이는 자신의 처지가 장애인으로 황홀한 나비를 만날 수 없어 자신의 곁에는 아무도 없기에 늘 허전하고 슬픔만 남는 현실을 깨닫고 애달프게 몸부림치는 것이다. 그리고 「꽃길」에서 보는 바와 같이 누구에겐가 자신이 바라는 마음을 하소연하는 것이다. 그러나 그 하소연의 대상인 그대는 현실에 존재하는 인물이 아니며 요안나의 상념 속에서만 존재하여 금방 나타났다가 사라져버리는 허상일 뿐이다.

> 그대는
> 어디에 계신가요?
>
> 그대는
> 나에게서 멀리
> 달아나 버리시는 건가요?
>
> 나하고 같이 가요.
> 나하고 팔짱 끼고
> 멀리 같이
> 저기 저 꽃을 따러
> 같이 가요.
>
> 꽃을 다발로 만들어
> 이 아름다운 세상을
> 함께 걸어가요.
> 걸어서 아무도 모르는
> 나만의 나라로
> 떠나요.

나를 업어서
아름다운 꽃길에
데려다주세요.

나만의 꽃길에
나를 데려다주세요.

아무도 없는
꽃길로.

    - 「꽃길」 전문

  이처럼 요안나는 상상 속의 그대에게 아름다운 꽃길로 데려다 달라고 애원하지만 불러도 대답은 없어 늘 허전하기만 하다. 그래서 어디론가 떠나고 싶어 노를 저어보기도 하지만 이제는 인생의 낙엽이 바람에 날리고 고운 빛으로 바래 버린 낙엽들은 외로운 눈물이 되어버리고 만다. 그러나 요안나는 그대로 포기해버리지 않는다. 어느 순간에는 자신이 우뚝 서기도 하여 서 있는 시간을 잡아보기도 한다.

  우뚝 선 시간

  마음을 다하여

몸과 맘을 다하여
잡으리라

바람에 날려 가는
꽃잎들도 서버린다

파란 하늘도
더 파랗게 보인다.

우뚝 선 시간은
누가 잡는가?

　　　 - 「우뚝 선 시간」 전문

　요안나는 '우뚝 선 시간은 누가 잡는가?'하고 묻지만, 막상 우뚝 선 시간을 잡는 것은 요안나 자신이 아닐까? 그리고 「봄날」이라는 시에서는 "커튼이 닫혀 있다/세상과 단절된 기분/새들의 울음소리가 들린다/"봄이 오나 보네."/"봄 색들이 줄지어서 나오겠지?"하고 읊는다. 자기 자신은 커튼이 닫혀 있어 세상과 단절된 기분이지만 새들의 울음소리를 듣고 오는 봄의 아름다운 색깔들을 연상해 보기도 한다.

바람이 불어와
머리카락이 날리는데,
바람은 참 심술꾸러기인가 봐!

바람이 불어와
옷자락이 춤을 추는데,
바람은 댄서인가 봐!

바람이 불어와
사람들에게 움츠림을 주는데,
바람은 장난꾸러기인가 봐!

바람이 불어와
창문을 꼭꼭 닫게 하는데,
바람이 심술부리나 봐!

– 「바람이 불어와」 일부

하고 동심으로 노래하기도 한다. 위에서 살펴본 바와 같이 요안나의 시는 백지 위에 그려놓은 아이의 그림처럼 순수하고 맑다. 그러나 요안나의 시는 사람들이 아옹다옹 부딪히며 사는 현실과 멀리 떨어진 상상의 세계, 허공의 세계, 미지의 세계에서나 있을법하여 결코 현실에서는 이루어질 수 없는 서글픈 생각들을 노래하고 있다. 이는 요안나의 마음이 그처럼 여리고 때 묻지 않았다는 증거다. 이런 요안나를 60년이나 품속에 보듬고 살아온 금란 서교분 여사는 태평양처럼 넓고 깊은 모성애를 지닌 장한 어머니임이 분명하다.

끝으로 84세에 이르신 어머니와 회갑에 다다른 장애인 딸이 쓴 시집 『창가에 서서』의 발간을 축하드리며 앞으로 더욱 강건한 모습으로 읽는 이들에게 감동을 주는 좋은 시를 많이 쓰시기를 기원한다.

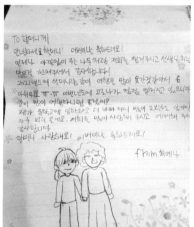

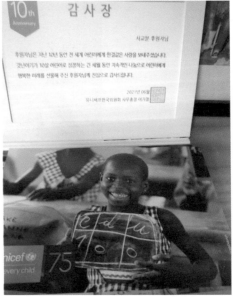